CONTE

par Stéphane André

PARIS
IMPRIMÉ POUR L'AUTEUR
1897

De la part de l'Auteur.

PAR M. STÉPHANE ANDRÉ

A Mademoiselle Luce B. de P.

Ainsi qu'une bête monstrueuse accroupie sur sa proie, la gigantesque Cathédrale couvrait fièrement le faîte de la colline ; ses deux tours se perdaient mystérieusement dans l'ombre de la nuit et le son des cloches qui faisait vibrer les pierres du vieil édifice semblait tomber du ciel. Ce soir-là, les cloches, voix augustes et graves, annonciatrices de vie et de mort, sonnaient allègrement en l'honneur du Très Saint-Sacrement, et la grande rosace du portail brillait éclatante comme le phare puissant du havre suprême. La neige descendant doucement avait vêtu la cathédrale d'un manteau fantastique : de soudaines blancheurs éclataient aux coins les plus sombres ; les statues se serraient frileusement aux côtés l'une de l'autre, et les diadèmes des saints portaient des fleurons diaprés tandis que le museau des bêtes apocalyptiques s'allongeait en un rire méchant : « *Te Deum laudamus...* » et le sourd bourdonnement des voix, chantant la gloire du Très-Puissant, perçait par instant les murailles épaisses : « *Te Deum laudamus, te Dominum confitemur, te æternum Patrem omnis terra veneratur...* »

Comme de petites vieilles s'accrochant aux voisines, les maisons dégringolaient la pente de la colline ; et la débandade s'arrêtait brusquement devant de massives constructions ; ici finissait l'empire de la cathédrale, ici commençait la ville. L'orgueil du prêtre avait voulu le lieu le plus élevé d'où s'envolaient plus puissantes la malédiction ou la bénédiction ; mais la ville avait gardé la plaine, et s'y était largement étalée. A cette heure de la nuit, on sentait battre comme une artère formidable, faite d'une multitude de vies, et une force se dégageait de tout ce qu'on ne voyait pas.

Immobile, dans le coin le plus obscur de la place, se tenait un homme, entièrement dissimulé sous un vaste manteau. Bing, bang ! bing, bang ! les cloches sonnèrent plus violemment, et la grande porte de la cathédrale s'ouvrit à deux battants. Sur l'épais tapis de neige glissèrent des rayons de lumière, et l'intérieur de l'église apparut dans une fumée d'encens ; des milliers de cierges scintillèrent au milieu des nuages d'or, et tout au fond, le grand Christ d'ivoire, à la plaie sanglante, bénissait la foule. L'autel était semblable à une nappe de soleil devant laquelle s'inclinait le prêtre écrasé sous les joyaux, et les lourds encensoirs décrivaient des courbes rythmiques au bout des chaînes d'argent. Les voix s'épandaient largement maintenant et couvraient par instant le bruit des cloches ; puis, tout se tut, et l'orgue seul remplit de ses harmonies graves les voûtes de la basilique. D'un souffle tous les cierges s'éteignirent, et l'autel ne parut plus, dans la fumée plus dense, qu'une lointaine, tremblotante mais colossale étoile. Saisie par le froid et par l'obscurité succédant à tant de splendeurs, la foule eut un moment d'hésitation avant de se répandre sur la place. Se glissant alors entre les groupes, une jeune fille, presque une enfant, courut vers l'inconnu, toujours immobile, et se blottit à ses côtés, murmurant d'une voix très basse :

« Vous le voyez, ami, je tiens ma promesse. Mes prières ont été repoussées pour la dernière fois. Toute lutte est vaine désormais ; aussi ai-je demandé à Dieu de m'éclairer, et me voici prête à subir votre loi.

— Aucune puissance humaine ne pourra nous séparer dorénavant, ma Ghisèle bien-aimée. Mais, souffrez que je vous cache sous mon manteau. Vos parents ont certainement découvert votre fuite. »

Du seuil de la cathédrale la foule s'échappait compacte pour se disperser aussitôt. Les fidèles, un instant immobiles, se séparaient après de rapides saluts ; et les lanternes, portées par les valets, jetaient dans l'obscurité des lueurs capricieuses.

Nul n'eût pu deviner la frêle enfant serrée contre l'inconnu ; lui sentait un cœur battre à grands coups sur sa poitrine et une vague langueur l'envahir tout entier. Il lui semblait protéger un pauvre oiseau frileux... Hélas ! le pauvre oiseau frileux avait, par cette froide nuit d'hiver, secoué ses ailes, pour chercher avec l'ami la lumière radieuse. Oh ! douceur si amère du souvenir : les deux années écoulées en un rêve d'amour impossible; les promesses, les serments, les espoirs vite brisés, et la mort enfin acceptée, voulue, désirée en commun, la mort accueillante et libératrice. Le jeune homme tressaillit d'horreur : ainsi, la fiancée qu'il tenait en ses bras, dont le corps brûlait soudain d'une ardeur inconnue, serait, avant le jour naissant, une chose immobile et froide qu'attendrait la terre plus froide encore... et, si la malédiction allait les poursuivre au delà de la vie... car le prêtre refuse les ultimes prières à ceux qui brisent prématurément la chaîne des servitudes..., si la damnation éternelle les guettait là où ils espéraieut touver les félicités enfin permises ?

La porte de la cathédrale s'était refermée sur les derniers fidèles qui s'éloignaient hâtivement, et déjà la neige nouvelle effaçait la trace des pas. Une larme tiède roula sur la main du jeune homme; d'un baiser il sécha les yeux de sa fiancée, et, trop ému lui-même pour parler, il entraîna la jeune fille jusqu'au bord de la place. Rompant enfin le silence, et montrant la ville :

« Voici, mon amie, ce que vous allez quitter. Songez-y : la mort plus encore que la vie est inexorable. Vous abandonnez des joies certaines pour un avenir inconnu, et la pression de ma main ne saurait plus vous réconforter dans le froid du tombeau. Qu'oserais-je demander de plus, moi si humble, après avoir reçu de ta bouche l'aveu de ton amour? Combien fol était donc notre espoir d'attendrir ou de briser l'altier orgueil de tes parents ! Ghisèle, laissez-moi mourir seul; arrivé le premier, je vous attendrai là où toute volonté est libre, où tout amour est respecté, où les baisers durent l'éternité.

— Du jour où je vous ai vu, Xavier, nous n'avons plus formé qu'un corps et qu'une âme. Que m'importe la splendeur du rang que j'abandonne, que m'importe l'égoïste affection de mes parents, que m'importe le monde tout entier ? Voyez, mon bonheur est immense, et la mort ne saurait plus me faire reculer. Là où vous irez, j'irai également, car la vie sans vous me semble plus odieuse et plus sombre que la tombe. »

Le jeune homme s'agenouilla, et réunissant dans une étreinte les mains de sa fiancée, lui glissa au doigt un anneau d'or :

« Oh ! bien-aimée, ne tardons plus à tenter la tragique aventure, puisque le lien qui nous unit ne saurait être tranché. Que Dieu nous soit plus clément que ses créatures; que la Vierge et les saints intercèdent pour nous, qui allons rejeter le fardeau de la vie trop lourd pour nos épaules. »

Est-ce le malin qui a ri là, dans l'ombre? L'enfant frissonna et traça le signe de croix, car on lui avait appris que l'Esprit du Mal rôde la nuit autour de la cathédrale. Mais soudain la grande rosace sembla s'illuminer à nouveau et le rire s'éteignit.

La jeune fille se serra plus étroitement contre Xavier.

« Ami, quittons cet endroit. Je m'abandonne à vous, où me conduirez-vous?

— Ma vieille nourrice est prévenue de ma visite pour cette nuit. Sa demeure est à cent pas d'ici ; vous plaît-il que nous y allions, ma Ghisèle bien-aimée ?

— Il me sera doux de voir celle qui prit soin de vous, et vous aima uniquement avant moi. »

Enlacés, les deux jeunes gens traversèrent la vaste place et s'engagèrent dans une ruelle, lorsque leur attention se trouva attirée par une petite forme dissimulée sous l'auvent d'une porte. La neige, à cet endroit, formait un large bourrelet et Ghisèle dut se pencher pour reconnaître une enfant recouverte par le duvet épais et glacial.

« Xavier, sauvons cette infortunée, et mieux qu'une prière cet acte de miséricorde nous servira de viatique. »

Déjà Xavier avait dégagé la petite ; mais, dans ses bras, l'enfant restait inerte et sans voix.

« Hâtons-nous, le cœur bat encore, mais si faiblement que mes doigts le sentent à peine. »

Au tournant de la ruelle, le jeune homme s'arrêta et frappa à un huis qui s'ouvrit aussitôt.

« C'est moi, nourrice, conduis-nous à la salle basse. »

La vieille nourrice, branlant du chef, précéda le groupe et considéra, interdite, la jeune fille et l'enfant. Puis souriant :

« Mais, doux Jésus ! voici la comtesse Ghisèle. Ah ! Xavier, Xavier, méchant garçon, pourquoi m'avoir ainsi surprise. Ma pauvre demeure n'est pas en état de recevoir si noble dame.

—N'importe, bonne nourrice. Votre demeure est digne de recevoir l'épouse de Xavier. » Et comme la vieille restait d'étonnement saisie, Ghisèle reprit vivement : « Occupons-nous de cette enfant que nous avons trouvée ensevelie sous la neige ; nourrice, un cordial, puis jetez quelques fagots dans l'âtre. »

La jeune fille s'empressait et tentait de ramener la chaleur dans le corps misérable de la petite mendiante. De ses mains délicates elle caressait les membres rigides, et de ses lèvres brûlantes elle couvrait de baisers le visage pâli... Sous la bienfaisante action, l'enfant leva les paupières, regarda autour d'elle, et instinctivement, telle une bête blessée, se dressa et s'écarta sauvage. Et, comme Ghisèle voulait la saisir, la ramener auprès d'elle :

« Laissez-moi, dit-elle.

— Que crains-tu donc, petite ? »

L'enfant ne répondit pas, mais apeurée, considéra Ghisèle à la dérobée. Ah ! la singulière créature, si lamentable et si bizarrement jolie. De quelle race tenait-elle ces longs cheveux noirs, ces yeux ardents d'un éclat insoutenable, ce nez délicat et fin, cette bouche dédaigneuse? Soudain un sanglot souleva sa poitrine, des larmes roulèrent sur ses joues, et elle se laissa enlacer sans défense par Ghisèle.

« Aie confiance, ma pauvre âme, murmura la jeune fille. Lève ton regard vers moi; me crains-tu encore ?

— Non, chuchota l'enfant. Mais, pourquoi m'embrassez-vous ? Pourquoi prenez-vous soin de moi? Pourquoi pleurez-vous ? » Et impétueuse elle saisit les mains de la jeune fille et les porta à ses lèvres.

« Comment te nomme-t-on?

— La Pauvre.

— La Pauvre! mais d'où viens-tu; où restent tes parents?

— Je n'ai jamais eu de parents, et je ne sais d'où je viens. Je vis avec les bêtes, et l'on me chasse comme eux. Je me souviens avoir longtemps couru dans la neige hier au soir, puis m'être endormie tout à coup... où suis-je? N'est-ce pas ici le ciel dont j'ai si souvent rêvé, et n'êtes-vous pas un bel ange de Dieu? J'ai entendu conter qu'il est un lieu où les enfants malheureux ne souffrent plus, où Jésus lui-même joue avec eux... dites, y suis-je enfin parvenue? Mais vous pleurez, vous, si douce, vous détournez les regards. Vous aurai-je offensée? Ah! laissez-moi vous aimer, je n'ai jamais aimé personne. »

Ghisèle s'était assise aux pieds de l'enfant et doucement la caressait. La petite reprit :

« Vos mains me brûlent. Oh! non, ne les retirez pas; maintenant que vous me les avez données je ne saurais plus vivre sans elles. »

Pauvre enfant, songea Ghisèle, faisons-lui pendant les dernières heures que la vie me réserve la divine aumône d'un peu d'amour; et longuement elle pressa sur son cœur la petite abandonnée. Intimidée soudain, l'enfant contempla attentivement la jeune fille et s'écria :

« Mais, ce n'est pas la première fois que je vous vois. Votre visage ne m'est plus inconnu... Ah! mon Dieu, n'êtes-vous pas la comtesse Ghisèle ? Si, si, je me souviens maintenant vous avoir admirée à la dernière fête; vous ressembliez à madame la Vierge dans sa châsse tout d'or. » Et l'enfant interdite cacha son visage.

Ghisèle attira la petite et lui dit dans un sourire :

« Je ne suis plus la comtesse Ghisèle ; je suis la fiancée de celui-ci, et je veux que tu m'aimes. »

La pauvresse ne répondit pas, mais laissa tomber la tête sur l'épaule de Ghisèle, et celle-ci sentit les tièdes baisers de la bouche enfantine.

Xavier, resté silencieux durant toute cette scène, pria la nourrice de se retirer, et vint s'agenouiller aux côtés de sa fiancée. L'enfant considérait étonnée le groupe charmant, et, en un mouvement de grâce juvénile, enlaça tout à coup les deux jeunes gens.

« Mon aimée, dit Xavier, voici l'épreuve qui fera faiblir votre volonté. Il vous semblait ne rien devoir regretter, et déjà votre âme s'émeut à la vue de l'infortune. Celle-ci vous fut amenée par le hasard ou par Dieu, et vous comprenez que la souffrance même nous rattache à la vie. Qu'il serait doux de panser les blessures faites par d'autres, de soigner cette pauvre endolorie et de révéler la joie à celle que berça le malheur. Laisse-moi mourir seul ; femme! ton nom est compassion, je te lègue donc l'enfant misérable ; qu'auprès de toi elle apprenne à aimer ; et la lourde tâche achevée, tous trois nous nous retrouverons au pays des éternelles béatitudes.

— La mort seule peut nous unir, répliqua Ghisèle, donc, nous mourrons ensemble. Les prêtres menacent de damnation ceux qui, trop las, abrègent leurs jours ; je préfère la gehenne avec toi au ciel que tu n'habiterais pas. »

La petite les écoutait gravement parler de mourir. N'avait-elle donc entrevu le bonheur que pour retomber dans l'horreur plus profonde de sa misère maintenant définitive ? Un mouvement de révolte la secoua, elle voulut crier son angoisse... Mais Xavier la devinant, reprit :

« Nous ne pouvons, mignonne, vous expliquer le mystère. Sachez seulement que celle-ci, ma fiancée, et moi avons fait le sacrifice de notre vie pour trouver le bonheur dans l'absolu repos. Remerciez donc Dieu de vous avoir placée sur le chemin de notre dernière étape, car je veux que vous nous deviez toute joie et vous lègue, Ghisèle ayant refusé la tâche, à ma vieille nourrice. Je la prierai de reporter sur vous l'amour qu'elle m'avait voué, et de vous transmettre à sa mort tout le bien que je lui laisse...

L'enfant interrompit, la voix brisée de larmes :

« Ayez pitié de moi ! Etait-ce donc pour m'abandonner que vous m'avez sauvée ? »

Les jeunes gens se regardèrent étonnés.

« Mais nous ne t'abandonnons pas, dit Ghisèle. Nous te mettons au contraire à l'abri du malheur, en te laissant à la vieille nourrice. »

« Vous ne me comprenez pas, s'écria l'enfant secouant la tête avec impatience. Ce n'est pas la vie que je réclame, mais la mort puisque vous mourez. Ah ! exaucez ma prière, et ne me condamnez plus à vivre solitaire après m'avoir entr'ouvert le ciel. J'ignorais le baiser, j'ignorais l'amour, vous m'avez appris à les connaître ; prenez-moi par la main et enmenez-moi là où vous allez. »

Et se tournant vers Ghisèle :

« Demande-lui donc de ne pas nous séparer, toi dont le sourire m'a ranimée, toi dont les caresses ont été mon unique joie. »

Une émotion intense étreignait la jeune fille, et une flamme brillait dans ses yeux qu'elle tenait attachés tantôt sur son fiancé, tantôt sur l'enfant. Des mots sans suite s'échappaient de ses lèvres, lorsque enfin retrouvant le calme elle prononça, solennelle, l'arrêt :

« Il me plaît, ami, de reconnaître le doigt de Dieu en tout ceci. Que la volonté de l'Innocence soit faite et que l'amour triomphe par nous. Vois : l'effrayant appareil de la mort n'épouvante plus mes sens, car cette enfant a fleuri pour nous, pécheurs, le chemin qu'on ne parcourt pas une seconde fois. Laissez venir à moi les petits enfants, a dit Jésus ; et nous lui dirons à notre tour, au pied de son tribunal redoutable : Maître, nous sommes vos enfants, vos enfants douloureux et pécheurs, si faibles que la vie les a meurtris, si confiants en votre divine bonté que nous venons chercher refuge dans vos bras paternels. »

Devant Ghisèle redressée, Xavier s'inclina à nouveau, en signe de soumission et d'adoration, et posant la main sur la tête de la petite pauvresse, émue et joyeuse, il murmura :

« Nous t'adoptons donc, toi que tous ont repoussée. Nous t'adoptons dans l'amour que nous réserve l'Éternité ; et si quelqu'un doit porter la peine du péché, nous absoudrons ton âme innocente. Mais puisque la cathédrale reste ouverte toute cette nuit, allons prier pour la dernière fois. »

Une longue étreinte unit ces trois êtres qui ne donnaient déjà plus aux choses de la terre qu'un regard vide de tout désir.

Dehors, la tempête de neige avait redoublé de fureur. Les maisons se recroquevillaient sous la bourrasque, et seule, la cathédrale conservait son air superbe. Les saints disparaissaient maintenant, ensevelis de blanc, et les bêtes apocalyptiques avaient cessé de rire. Le seuil franchi, les jeunes gens restèrent saisis : l'épaisse fumée des cierges éteints donnait à la vieille basilique un air étrange, et des nuages sombres se traînaient lourdement sous les voûtes qu'on ne distinguait plus. Luttant contre l'ombre, les flammes vacillantes des hauts cierges allumés devant les autels mettaient des taches de lumière aux coins luisants des antiques boiseries ; mais le grand Christ, aux bras largement étendus, se perdait dans la nuit obscure, ne montrant que la plaie sanglante ouverte à son côté.

S'approchant du saint lieu, Xavier, Ghisèle et l'enfant, les doigts enlacés, s'assirent au premier rang, frissonnant d'angoisse et d'extase religieuse. Quelle prière balbutièrent-ils? Nul ne l'entendit. Quels adieux suprêmes laissèrent-ils tomber, quel fervent pardon implorèrent-ils du Christ présent? Ils l'ignoraient eux-mêmes. Un calme profond avait pénétré leur corps et l'âme seule veillait... Mais, qui donc a touché l'orgue, qui fait entendre cette musique si lointaine et si suave? L'église est toujours solitaire, et lentement pourtant les cierges se rallument, l'ombre recule et les voûtes s'éclairent ; les ors brillent, le tabernacle rayonne; la plaie sanglante au côté du Christ s'est fermée, et Jésus semble maintenant veiller sur la croix. Le chant de l'orgue monte en une harmonie puissante, des voix se mêlent au chant, voix séraphiques et liliales. *Tibi omnes angeli...*

Dieu !... le rêve se change en réalité, les cloches sonnent à toute volée une hymne d'allégresse, et par delà les murs épais, le ciel lui-même apparaît, le ciel radieux où scintillent les Mondes. Des fleurs envahissent l'autel et s'enroulent à la croix. Jésus sourit et lève les yeux... dans une gloire éblouissante descend l'ange de la Vie Éternelle, qui s'incline devant le crucifix... puis, sur un signe de Jésus, il se tourne vers les trois jeunes gens, cueille dans un baiser leur âme ravie, et la porte palpitante et de joie éperdue, au royaume des Clartés infinies...

Personne ne sut jamais comment moururent Xavier, Ghisèle et l'enfant pauvre.

STÉPHANE ANDRÉ.

Extrait de la « Revue Générale Internationale, Scientifique, Littéraire et Artistique »

(Février 1897.)

Paris. — 9 *bis*, Boulevard du Mont-Parnasse

Évreux, imprimerie de Charles Hérissey

www.ingramcontent.com/pod-product-compliance
Ingram Content Group UK Ltd.
Pitfield, Milton Keynes, MK11 3LW, UK
UKHW021040200726
13857UKWH00005B/1842